maisy cold

Maisy fast

maisy black

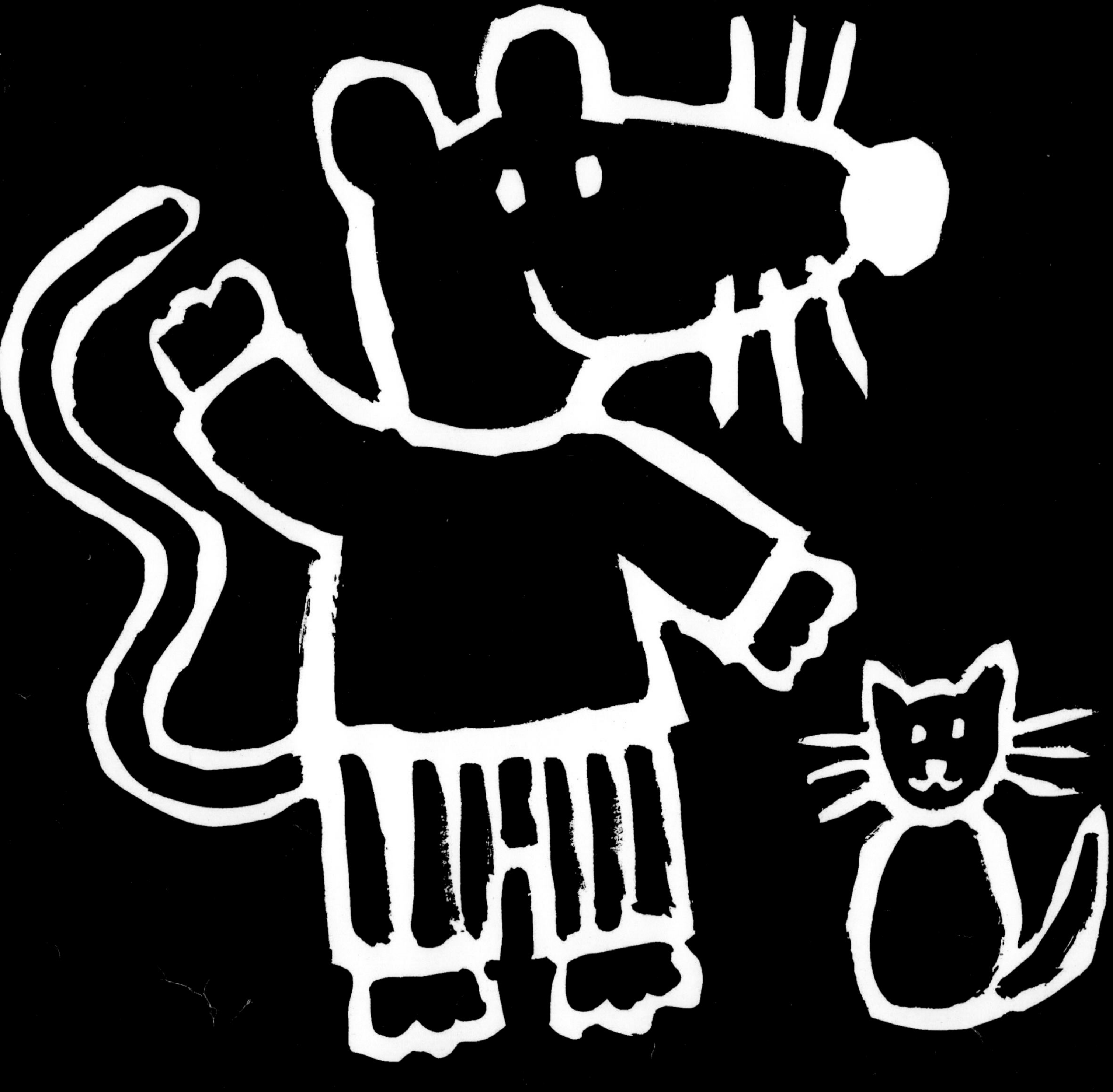

maisy
white

maisy
alone

Maisy together

maisy thin

maisy
fat

Maisy push

Maisy pull

maisy
spots

Maisy
stripes

Maisy in

Maisy
out

maisy happy

maisy sad

maisy fluffy

Maisy
spiky

Maisy dry

Maisy
stop

maisy go

maisy night

maisy tall

maisy short

Maisy straight

Maisy one

maisy many

Maisy quiet

Maisy
square

Maisy clean

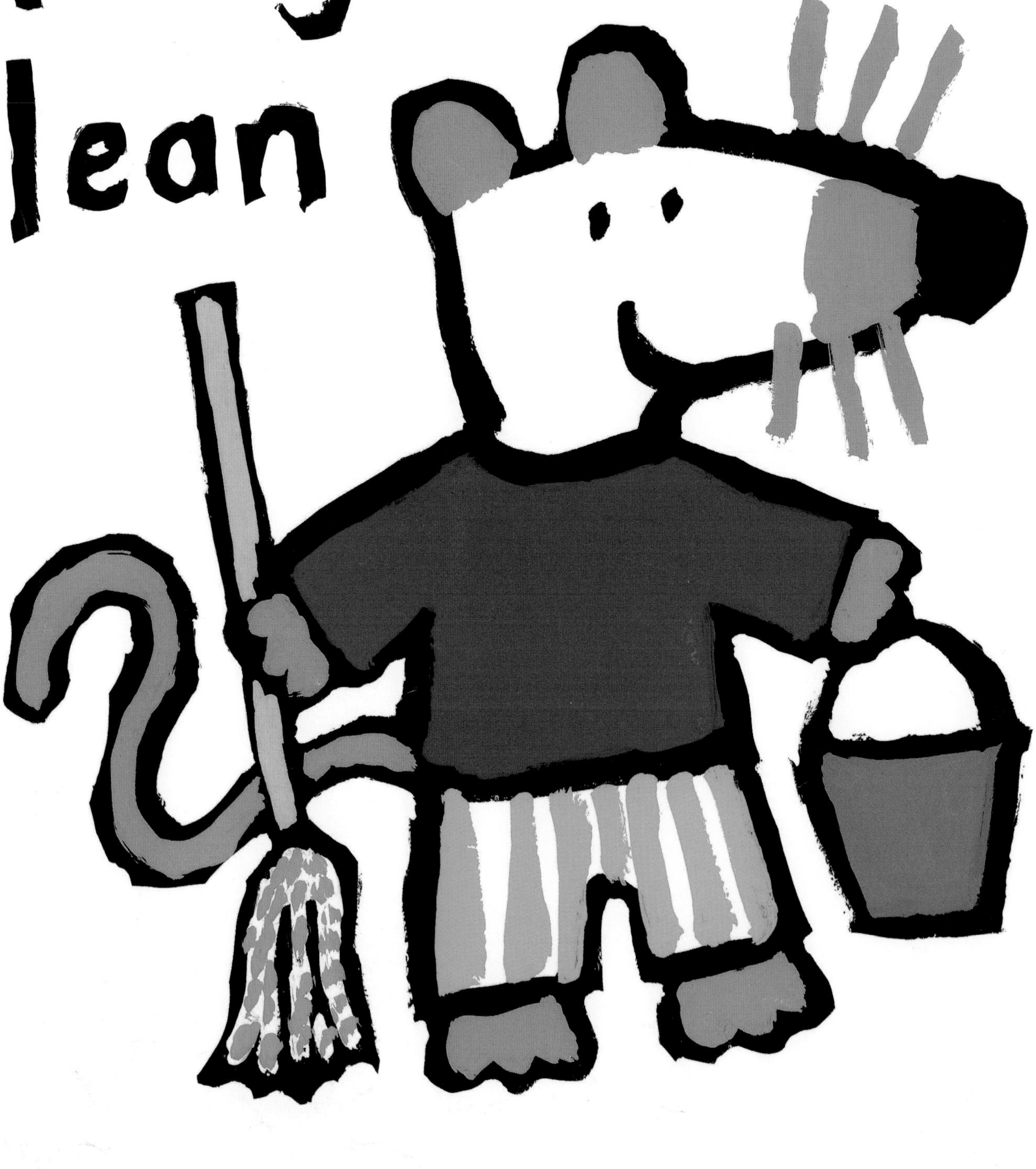

maisy
dirty

Maisy
fly

Maisy
swim

Maisy
Young

Maisy old

Maisy nothing

maisy everything

Maisy plain

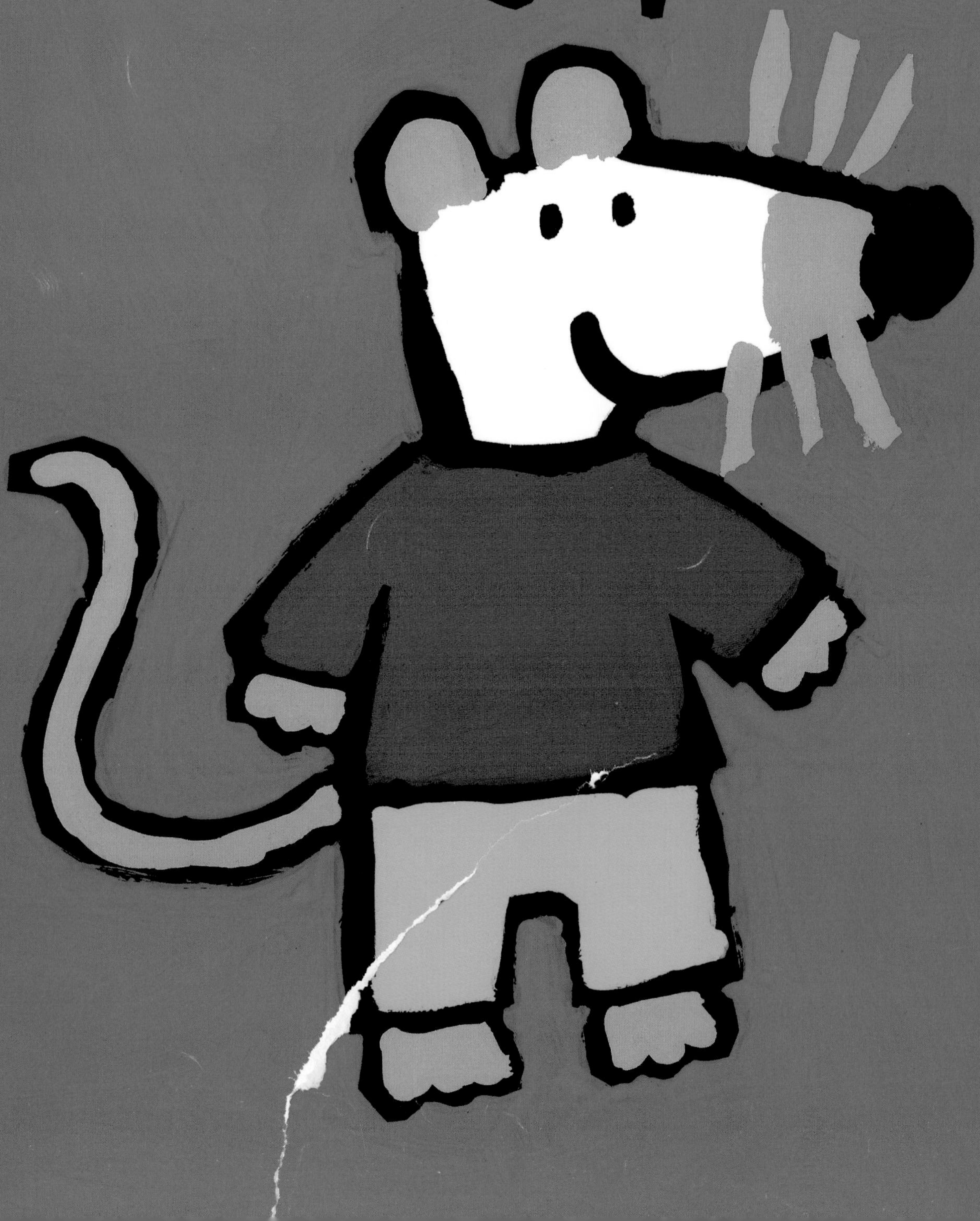

Maisy
pattern

maisy
light

Maisy dark

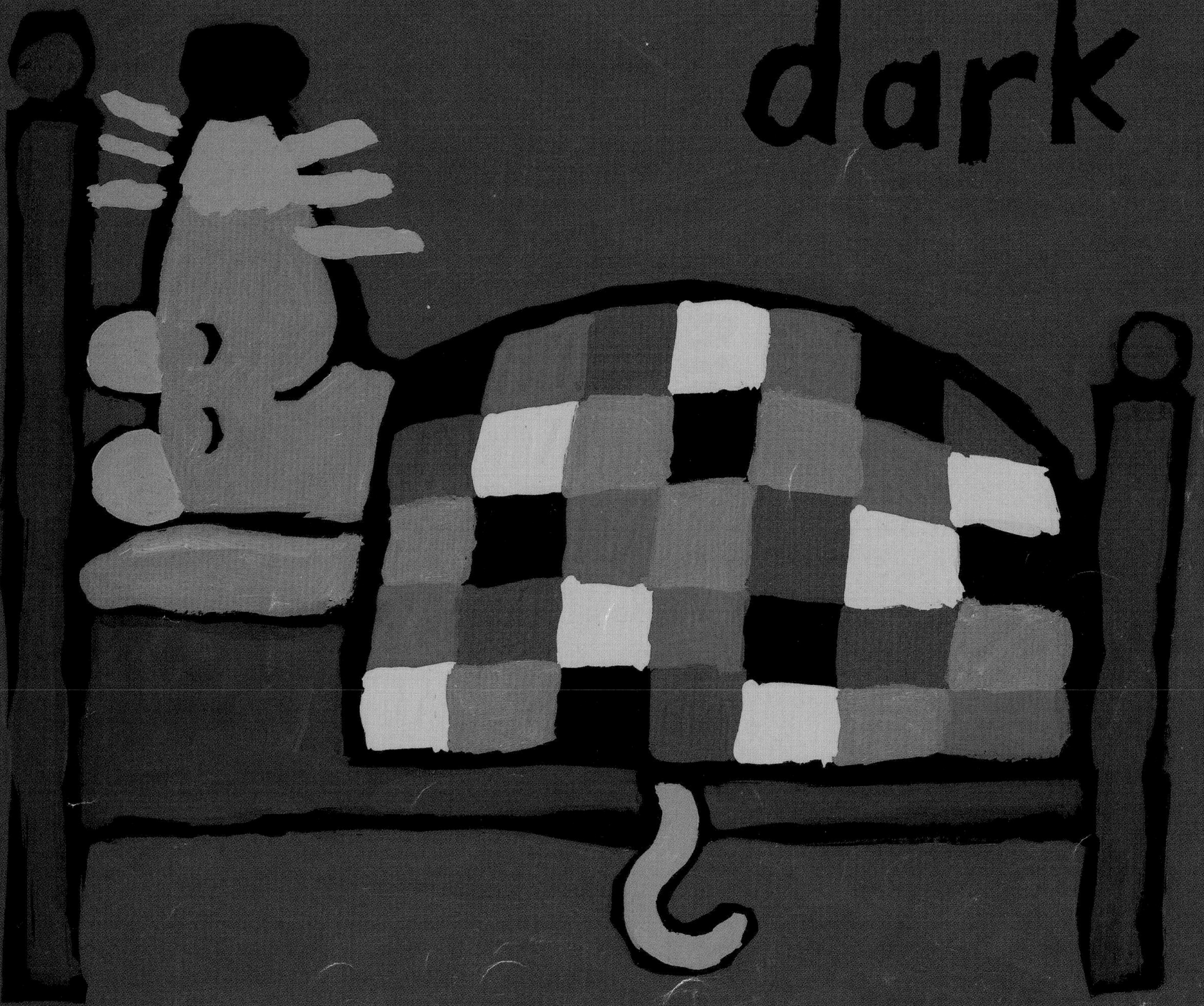